青年
文学粤军
丛书

绿意与春声

许泽平 著

SPM
南方传媒 | 花城出版社

中国·广州

图书在版编目（CIP）数据

绿意与春声 / 许泽平著. -- 广州 ：花城出版社，2024. 8. -- （青年文学粤军丛书）. -- ISBN 978-7-5749-0176-6

Ⅰ. I227

中国国家版本馆CIP数据核字第2024V1K686号

出 版 人：张　懿
责任编辑：李　谓　曹玛丽
技术编辑：林佳莹
责任校对：梁秋华
封面供图：包图网
封面设计：吴丹娜

书　　名	绿意与春声 LÜYI YU CHUNSHENG
出版发行	花城出版社 （广州市环市东路水荫路 11 号）
经　　销	全国新华书店
印　　刷	佛山市浩文彩色印刷有限公司 （广东省佛山市南海区狮山科技工业园 A 区）
开　　本	880 毫米 × 1230 毫米　32 开
印　　张	6.75　1 插页
字　　数	90,000 字
版　　次	2024 年 8 月第 1 版　2024 年 8 月第 1 次印刷
定　　价	56.80 元

如发现印装质量问题，请直接与印刷厂联系调换。
购书热线：020-37604658　37602954
花城出版社网站：http://www.fcph.com.cn

有那么一瞬间，我们互相注视
这陌生旅途中突然的震烁

目　录

第一辑　万物的回声

第二辑 时光的谣曲

第三辑 星辰与烟火

第四辑　内在的城市

第一辑　万物的回声

麋　鹿

迷路的时候

忽然看见了麋鹿的眼睛

像山岗上偶然的雪，有点冷

带着不能转述的晴朗和干净

像白云，从深冬的什么地方

蹦跶出来，昭示着一个下午的无限空阔

而此刻林中没有雪

我们之间，仅仅隔着三棵黑桦树

有那么一瞬间，我们互相注视

这陌生旅途中突然的震烁

但我知道，很快我们就将分别

回到各自的世界。是的，我们存在

但终将消失在彼此的视野。仿若傍晚的云彩

变幻着，走向闪烁的不能言说的深渊

海边的乌鸫

潮水不属于任何人
也不属于海岸：它是自由的
如果此时，晚霞来临
一只独自踱步的乌鸫
便是这个世界孤独的灵魂
她低头思索，偶尔抬起金色的眼眸
向着夜的方向。但她不曾离开
黑暗覆盖了她的羽毛
涛声遮住了她柔弱的颤音
但她倔强：藏起低低的悲哀
我的记忆突然与此相连
想起一个重要的人，他永远留在海上
我们不曾道别。因此难忘

雨中听鸟鸣

鸟在窗外的某处
雨正在下，我不能确切地知道
它们栖身何处。我不明白，明明雨那么大
它们何以还这般轻快
噫-噫，蝈蝈蝈蝈蝈
吁-吁，咕蒂咕蒂咕蒂咕
唧-唧，唧叽唧叽唧叽

望出去，山坡上的草是绿的
到处是水撞入大地的声音
鸟声渐渐消歇。但偶尔还有唧唧的回音
听着像是已经走远了的故人
又转过身来悄然凝望

水 蛇

在南半球的雨水里生长着
像一棵绿植，被足够的光线喂养
太多的短暂和甜蜜
虚构着世界的完整

孤独是因为
我们的欢愉
像蜜糖一样不可靠

写一封给秋天的信
在夏天就寄出。但很长时间里
一切没有回音

沉默。进食。发怒。晒太阳
数陌生的面孔
等待一朵熟悉的云，像等待
自己漫长的一生

叶　子

在日光下看一片叶子
看了很久。我想在它的脉络里
寻找时间的边界，想看看
雨水和阳光是如何把自己藏进事物的内核
但我什么都没有看到
一个下午就这样过去了
傍晚的时候，一只昆虫来访
我看着她的复眼，她凝视着我的单眼
我们对视着，仿佛相隔遥远的生命
隔着星空，传递着彼此无法破译的语言

林　间

慢一点
再慢一点

停下来，凝视
叶与叶之间的距离

光线遗留在树杈之间
一只鸟巢
黑瘦瘦地挂着

突然心就软了一下
希望下雨的时候，所有的雨水
只掉在我的头上

海 马

神秘的
海马。在蓝色的液体中
自由地上升、下降
她移动自己的表情
像移动时间的永恒
她跳跃着，对另一匹马吐圈圈
在我看来，那像是爱的另一种魔术

有时候我在想
我和她之间最大的不同
是语言。我们说着各自的谜语
却无法抵达哪怕是最小的岛屿

今晚有雨水
海洋馆要闭馆了。我不可能看见谁的
命运。哪怕只是泪水

我原以为，转身就可以忽略别人的呜咽

神秘的海马
在空无一人的展厅里，消失
当闭上眼睛，记忆会熄灭
世界的滴答声，也将沉寂下来

未知的一切

溪水在暴涨。天尚未透亮
四下无人。野花落了一地
一条鱼,越过了池塘,它在喘息
这短暂的自由,在微冷的山坡之上

没有人知道
如何经历一个劫后重生的夜晚
一只蚂蚁,正从泥浆中
挣扎着,走向朝霞的另一边

瓢 虫

在清晨的草尖

在露珠之畔

我曾遇见你，火焰一样的精灵

你擦着翅膀，在我靠近时

假装失足跌落于草叶间

但我看见你匆匆隐匿的身影

这世间，能伤害你的事物何其多

恐怕我也是其中之一

命运把星宿打落在你身上

却从没有给你不一样的眷顾

依旧要你历经生死

要你在烈日和雨水中饱受摧残

当你在夜晚的辽阔和黑暗中

爱恋。当你在黎明时分因孤单和寒冷

独自离开。岁月不曾出声。你也不曾对它的

衰老和空虚加以否定和赞美

很多时候，你在无边的林木间移动
当你累了
你就抬抬头
让日光落了下来

老 宅

下雨了，鸡群从后园
穿到前厅。它们来屋檐下避雨
黑瓦上，春天的节奏滴答地响
黄毛鸡崽们到处乱窜
它们围着柴火堆跳上跳下，打闹、拉稀
拿透亮的眼睛，这里看那里看
有时偏着头跟你
相互凝望。即使隔着三十年的烟尘
那种绝无尘埃的清澈，想来依然惊心动魄
如何去尘烟中寻找旧逝之物——
孤独的青苔，平淡的落日，我的思念
回到一枚鸡蛋，那时它刚被生下来
我还没有做好与它相识的准备

马

一匹野生的马
就是一颗不眠的星星
在辽阔的世界中，如狂风
如暴雪，如日光下最耀目的光线
在奔腾

它夸张地迈动着四肢
此时你会同时听见自己体内的骨骼在轰鸣
跟随它深情的视线，你凝视
不远处它即将跨越的每一寸土地。仿佛那都是
梦寐之地。你没有想到
一匹奔跑的马，比你更懂得与世界的相处之道

仿佛它从草原的深处跑出来
是为了跑进你的眼，你的骨骼，你的肺腑
像一条河流，从源头上清洗自己，以便
超越河流之名

夏　夜

夏天不打招呼就这么到了

白云越来越白

越来越白——

于是夜晚变得更令人期待了

在河的对岸，越来越多的星辰

像树木一样冒出来：葱茏，耀眼

让我们去它们下面亲吻吧，就这样跑过去

把上辈子、这辈子及所有未知岁月的

情感都化为拥抱。人世辽阔

有那么多的孤独需要抵抗

有那么多的野花需要回来

穿过林间的风，你听见世界

以更清晰的声音，走来

像一匹小马驹，轻快地步过夜的露水

青 鱼

天已经黑下来。母亲在远处唤你
而你在水草深处还未醒来
你梦见在陆地上走路
有芦苇和水杉，多么美好，你正想微笑
突如其来的风暴把你推向未知的汹涌之处

你祈祷：向水神以及一切虚空的智者
你的声音穿透荒野。你听见哭泣声
那一片湿漉漉的真诚。你突然知道这是在梦中
你努力睁开眼，让自己从深渊之中跃出
啊，有光，波光粼粼的月色

月亮已经升得很高。你醒来
你看见自己和同伴置身一个巨大的网兜里
你们在上升：月亮离你们越来越近
你突然想起母亲说过：
青儿，假如有一天，你走丢了
要懂得自己游回来

夜晚中的银鱼

巨大的涛声不是来自礁石的撞击
而是在海内部——那无数涌动着的命运
你看不见的银鱼此刻就隐藏在水色之下
她们透明的尾巴，在卷动忧伤的波纹
那些被饥饿所侵蚀的海鳗，那些长长的带鱼
他们勾着嘴，从鱼群中间，带走了不幸者
而更多的幸运儿，在涌动
月色之下，她们透明的躯体
是一幅消失了边际的油画
如果此时——你站在海崖之上
流动的光斑会照进你的眼
水面的喧嚣，是她们离去的欢笑
她们向着月光——游去，而那里只有虚无的夜空
她们渐渐长出翅膀，以便借助风的羽翼和清肺
仅仅在一瞬之间，这惊人的景观，让你忘掉了天地之别

秋刀鱼

一个人走很长的路
到小酒馆里去，看妖艳的女人，买醉
然后在大雨中，回到海里去

他早已习惯一个人旅行。偶尔也失眠
无聊的时候就练习刀法。在秋天
回到他的出生地，像我们一样
悼念一段从来不曾降临的爱情

如果有一天，你在大街上看到他满嘴谎言
请不要怪他。那是他病了。入世太深
那么冷，即使如此努力，依然找不到留下的理由

古德曼鱼

古德曼鱼都有一张娃娃脸
用三条腿走路，偶尔上岸来
晒晒太阳，然后在日落时分回去

古德曼鱼有时早上就出现在你的门口
在你开门的时候向你问好
顺便吓你一跳

古德曼鱼爱抽烟，他会坐下来
装出沉思的样子，慢慢吐出烟圈

古德曼鱼从不对你说起寂寞
对于自己的长生不老，他总是沉默不语

树（一）

种一棵苹果树，待他发芽
待他，从无数场雨水中站起来
睁开细小的眼睛，去收集
人世的光线，无数或明或暗的
——苦涩和温良

在这浮世，一棵树的一生和一个人的一生
其实区别并不大。我们都需要越过某些
艰难的时刻。而我眼前的这一棵
历经过生死，却不曾在飓风中被连根拔起

他平静地脱落受伤的枝条
以迎接更干燥时节的来临
有时他赠予我一个果实
那里边甚至有蠕动的果虫。我不认识她们
正如不认识蝴蝶的呼吸

偶尔我靠在树下昏睡
却需要花更多的时间用于醒来
我记得从树下看天空
像是所有瘦瘦的枝条手挽着手

树（二）

我们无法占有一棵
秋日里的树
他浓郁的树冠在日光下显得优美
舒朗的色泽完全融进了草地和远山
他与其他的树站在一起
就是巨大的旷野

秋天高远
此时你无法深入一个越来越冷峻的世界
但是他可以。他随时准备丢掉
身上所有的门、窗
甚至语言，甚至眼睛

一棵树，一不小心
就会成为这个世界的灵魂
但他不会轻易赞美，也不会轻易倒下

在季节的深处，他偶尔弯曲
化作一个孤独的人

欢愉的山雀

灰烬从来没有离开
落下的，寂静的，闪耀的
都只是此刻：未来正在成为现在

树林里
山雀以歌唱为乐
她们察觉不到时间的碎片
察觉不到来时的路：她们只剩下欢愉

而我，想伸出枝条
把这僵硬世界轻轻覆盖
雨水落下来：写满时间

清晨，与一只鸟对视

外面有点冷
我穿起护脖子的卫衣
双手插在口袋里
低头走在公园的环湖道上
周围并没有什么人。光线有点暗
但这并不妨碍，一只鸟
跳到树下来觅食。她啾啾地朝我叫
因此我停下脚步。与她面对面
这真是有趣的时刻。我们都停在了时间之外
彼此凝视，但不能靠近。她有羽毛
我有外套。我们在一个被悬置的空间里
在两棵树的距离之间，感受着一种生活的意外
随后，她转身离去——
日光在不久之后照了下来

空鸟笼

比风更自由的
是一只空鸟笼

古旧的衰朽的摇摇欲坠的空鸟笼
挂在一架翠绿的藤蔓之下

它的门已然消失
并且不再有住客。日光穿过它
在墙上留下摇曳的阴影

看着它寂寂的样子
比一座森林更多的鸟鸣
在我的脑海里叽叽喳喳地响起

是的，再没有任何岁月可以禁锢它了
再没有可怜的生命会因它而在寒夜里悲鸣了

它早已不是它自己
它是它所不是之物

月光可以自由出入
雨水可以自由落下
甚至黎明，也会看见：一只在晨风中独唱的
鸟

百合花

过去的事物在速朽
玻璃里的幻影，小镇上的杉树
我们走过的路，夏天的海水和清晨
干净得连记忆都快留不住它们了

但我又能做什么呢？记不住就忘了吧
就像今天，天色又柔又缓和
我要了一株百合花
但找不到寄放的地方

接近秋天的八月

水草的故乡。充满颜色的八月
雨水还在遥远的地方，只有久久的寂静
你在树下，花朵在盛开也在凋零
这样的世界，只剩下午后的日光和风声

是什么让我们这样想起了云朵的呢喃
那轻轻的爱恋。那根植于蔚蓝的舞蹈
那陌生而空阔的人生。那微光

鸟群回来，傍晚渐渐变得清凉
"接近秋天了"，你在耳边轻轻地说
湖水仿若我们的眼帘，在暮色中慢慢睡去

没有翅膀的昆虫

不要嘲笑时间，它在石头的内部
已经坐了多年。现在，它移到了你的体内
一种辽阔的厚重之感包围了你

时代的大雪，让你认不清自己
我们何以会长时间置身于此
觅食、斗殴、争吵、嫉妒
睁开眼，什么时候已然是小小昆虫一只
凶狠又谨慎，纯用复眼观看着世界

原谅我，不能再回到过去
被幻象谋害的，是这残破的躯体
一束昨日的野花已足以令人汗颜

低下头，咬掉自己的翅膀
不能飞翔，那就慢慢贴近土地吧

晚　霞（一）

唯一懂得我的那个人，并没有回头
湖水之上，夏天转瞬消失

失去语言的袋鼠，在天空上盲目旅行
她并不知道那些爱恨

一座空空的城池，上面盛开了
往事，和无限的夜晚

晚　霞（二）

流云若火
那些失去心的孩子
此刻只剩下孤独的眼睛

有什么能够阻止夜色下沉
去年的树木还在沉睡
而你已去了远方

遥远的歌。再见
遥远的人。再见

晚　霞（三）

事物的影子在燃烧
你说你始终相信：时光
这一切像雨水也像利剑

当我在爱尔兰的曲子中想起了你
天色已暗。这六月之光，不能再沉默

少　年

树枝掉下来，打在头上
我抬头，是流动的光斑
天空是蓝的，很高
我们在玩丢石子，我总是
磕到手指。海在远处
穿过这条街，走到尽头
就能听到风声。更多的伤感来自
镇上的招工海报。我总是思索着未来
想去得远一点。再远一点
啊，时间像湿漉漉的羽毛
雨水从不掉下来

一个人

古德曼村庄并不存在
但我确实曾生活在那里
我是说，那是我一个人的村庄
多少人也像我一样
拥有着只属于一个人的事物
一个人的花园
一个人的星空
一个人的城市
有时，我站在空空荡荡的村庄
内心的露水
落满了远方

下　午

多雨
光线如缓慢的切片
染着斑斑驳驳的忧郁

模糊的脸孔在街道上游动
每一把雨伞下面
都有一条孤独的鱼

我在17楼上
看见一条鱼亲吻了另一条
他们慢慢融在了一起
干干净净的

词　语

三个瓶子倒在地上
无人料理。像三个孤独的孩子

这一生，会路过无数的事物
总有一些，我想伸出触角
轻轻捞起

伞

一把伞托着她
仅露半边脸

你看不清她的忧郁
有时，是因为雨
有时，是因为
她长久地凝望天空——

她在看那些湛蓝的涂料
像看某个下午的故人

叶 子

我有五片叶子
像五个清晨

她们寂静
在走自己的路

这个夜晚

这个夜晚喘息，疼痛，想念，冷却
这个夜晚的声音渐渐黯淡
这个夜晚的凉被雨道出
这个夜晚睡眠被思念困扰
这个夜晚的诗句留在纸上走不出来

雨水中的飞蛾

雨水是一个人的心
也是一只飞蛾的一生

从街道的这头走到那头
擦身而过的面孔，模糊不清
只有奶茶店的招牌，冷静而温情

世界太大，我们可能记住了某个细节
却忽略了巨大的裂缝

路灯下的飞蛾，在雨丝中扑腾
笼罩着它的光柱很美，像是世纪末的恢宏

风　暴

悲伤席卷着，黄昏的时候
海洋上刮起了巨大的风暴

一朵加利福尼亚玫瑰
在阳台上生长着。有人在关窗

嘈杂的音乐
在寂寞中阻挡着
内在世界的坍塌

乌 啼

季节的每一次颤抖
都在我的羽翼上落下了回音

我在乎树木的枝条，在乎
秋风的微笑
在乎夜色：那从无到有的寂静

树妖们在林子里整日整日地欢庆
这光阴断裂的速朽之声让我头痛
或许，过去我也曾是一个人
要不，我怎会如此地悲伤

有时我扑棱棱地飞到人们的屋前
回忆里的碎片，像玻璃一样扎人
我哑着嗓子，却怎么也无法告诉你们
一个乌黑的灵魂，也有深沉的故事

雨天与桉树

从窗户里
看见桉树的泪水一直在流

雨太多了，以致她不再强忍委屈
哭吧。至少我会认为，悲伤有助于
这个孤独的世界变得更柔软
而不是相反

万物都在雨水中辗转
此时，你不要去暮色里
强行辨认自己
不要去一片旧叶中
卜问过去的纹路
不要去看，命运的烟雾
如何穿过手掌

故乡与晚秋

树在风中
云在风中
故乡也在风中

十五岁的样子，离得越来越远了
一伸手，只有这秋天的风
还像过去那么无羁而自由

你抬头看见的天空
没有树叶了
只剩树干上——
寂寂的鸟巢

石　头（一）

石头，我们沉默的星空不再出声
我喂养你血液里的孤寂。晚风
躺在沉醉的夜上

石头，有个姑娘离开了
那草地上有你的回忆也有我的
我们吞咽夜色。你记得的
篝火，我也不曾忘记

石头，那小山顶上，她唱过的情歌
此后不再有人提起。我们加速的悲伤
有时，只是遗忘的
一个必经过程

石头，在你身旁，有一棵树
它可以在夜风中，看见山下的繁华——

一整座城市的光，都在发亮
却听不见谁的叹息

石头，那棵树有无数的眼睛，它借你的
你不用急着
归还

石 头（二）

雨水亲吻过你也暴虐过你
山川举起过你也深埋过你
岁月把你推向每一个黎明
而你是永远醒着的那一个

没有什么哭泣
抵得上你的沉默
没有什么风沙
抵得过你的沧桑

有人拿你垒起坟包
有人用你磨成长笛
你没有欢笑但见过泪水
更多的时候，你是树下的蝉影
是流水的情人，是天光云影之外的
寂静

把你放在心上
或者放在任何一个
不起眼的地方。你都一样
孤独。且生辉

暮色之下

翠芦莉的紫色涂抹了昏黄的水面
美人蕉的醉态在光线下遮遮掩掩
成片的鸢尾草，像无数个小酒盏
风一吹，就哗啦哗啦地响
此刻
如果说还有什么美得让人叹息着闭上双眼
那一定是水中阁楼下
那从唐宋的烟雨里
长出来的莲
清雅。如同这个世界最初的雪花

白　鸥

那一年。我坐在水边
你还没有来，晚霞也没有

只有一支远远的歌，在反复吟唱
像灰鹞在林间跳跃
像风想念秋天的草尖

我看不见过去，也看不见
生活的迷雾。没有人告诉我
寂静的海岛
也可以是倾斜的地平线

如果不去分辨
我可以在平静的日子里思念
也可以在深深的海水中：抵抗风暴

雨下在苹果的内部

雨在下。下在苹果的外面
也下在苹果的里面
就像我们擅长把自己藏身于
自己之内。苹果也在
不断地向内坍塌
它日渐憔悴的脸庞
是它灵魂挣扎的另一种
真实呈现。内在的雨大于
外在的雨。内在孤独的针尖
大于整个世界的按压
有时候苹果尖叫着
从树上落下。它想通过向下的加速度
来获得剖开自己的力量
当苹果碎裂。它的灵魂
在氧化中
趋向轻盈

下在时间中的雨

下在时间中的雨：冷漠、散淡
独自离开黄昏走向深渊
愈宽广的地方愈容易染上伤寒
当你说起风
那远在内心的伤就一再发作
总是这样：在下雨的夜
一个人需要对所有陌生的时间敞开
无限忏悔或再一次胡作非为
但这些都不是重点
当你闭上双眼
谁曾在你的风暴中出现

水濂山

我们看见飞瀑
也听说过蓬莱的仙骨
我们准备到处去寻找
那烟雾一般的仙踪侠影
有时候我们开着车
开到山脚就倒回去了
鸟声繁盛，日光错错
有时候我们步行上山
到山腰看水
也不用说什么
一下子黄昏就到了
晚上我们倒是从来没有停留过
主要是风大
水的雾气，遮住了我们的
孤独

佛灵湖

树一棵一棵地站着

天空很高。游泳的孩子们成群结队地

跳入水中。五颜六色的救生圈

像一群泅水的鸭子

那么快乐

带着一身的尘埃

我偶然闯进了佛灵湖的地界

世界安静地等在那里

连风声，也像一个故人

在日与暮交替的道场

水的波纹

吟诵着超越我们维度的经文

时间的发条被卸下来

晚归的孩子们在等待

星空

把夜的入口打开

松木山

有时我们路过水库
小路弯弯地通向日落之处
但我们喜欢骑着单车
一呼而过
水是碧绿的鸟
带我们飞翔
树上有很多枝丫
投下细碎的影子
有时少年人想亲吻
就躲进林子里去
水是安静的
下面有琥珀般的游鱼
鸟声翠翠的
像阳光掉在叶子上

松山湖

1

每一只鸥鸟
每一只白鹭
都有它自己的湖
水色从浅到深
日光从静到闹
翅膀掠过城市的角落
每一处枯叶
都是日子的旧影
叽叽啾啾
叽叽啾啾

2

水在云上

云在树下

我们不需要躲雨

语言是隔夜的细草

挂着露珠

我们没想着要拥抱

世界孤独

但我们终不愿

孤独终老

3

一定有一株松树

在我没找到的角落里

肆意生长

这是唯一的一棵

只为那些迷途的松鼠

备好越冬的松子

夜越来越凉

越来越黑

越来越需要

一个树洞

长成家的形状

4

树枝有长有短
天空变成一块一块的
光幕。骑上电动车
到处去看
42公里的环湖路
来来回回看了无数遍
落羽杉从翠绿长到铜黄
枯荷由残影生出碧色
站在时间的角落里
每一眼
都是常与变、真与幻
万物都在自己的迷阵中
生死蜕变

5

而我们还有声音
还有触摸万物的眼
还有爱，还有岁月
不曾用完

登银瓶山

1

云雾缭绕
一座山有时候不仅是一个地标
更是季节的分身
初夏的银瓶山——有一种别样的凉
古树苍苍，山色青冥
在傍晚的山顶看云：风穿过了你
衣物猎猎作响。乱发仿佛要挣脱身体
和暮色一道，去向天青色的远方

2

一座山
有时候是生活的必需品
它把四时变成了云雾
把人们细碎的日常，涂抹成了诗句

它不写在纸上，它写在大地上——
无数的人来到这里
他们沿着无名又蜿蜒的小径
一级一级地往上走
看看风景，也看看一路的草木
为一朵鲜花长久地驻足
用一个剪刀手
就能把世界上最美的摇曳
留在了朋友圈
取一瓶山泉水
就能与一路相随的溪流唱和
可以烹茶品茗，把生活
变成一种口齿间流连的美

3

白鹇在山里走
雄鸟跟在雌鸟后面
它时不时张开白色的翅膀
扑棱着低空飞行
像一朵云，突然来了人间
有时灰褐色的雌鸟低下头来觅食
雄鸟也安静下来。四周只有寂静

此时密林里漏下来的光
只够用来聚焦
这场华丽的爱情

4

粉白相间的短萼仪花
淡而浓烈。仿佛绝妙的画师
偷来了天上的色彩
傍晚时分
野径无人，暗香浮动
暮色四合里，你看见无数的浮光晃动
寂静。灵动。仿佛唐时的《霓裳羽衣曲》
又在花间复活

5

去雨里看花
仿佛所有的花只是一种花
去雾里看云
世界仿佛触手可及
此时没有悬崖
没有高峰

有的只是雾与云
云与白、白与天地之间的苍茫
走累了，在山间亭台
泡一壶茶，从香浓喝到素淡
雨打在台阶上
滴滴清脆
滴滴带着人世的
清音

6

少年登山
最爱看心爱的女孩回眸一笑
那一刻，仿佛周围的山色都暗淡了
中年登山
最爱看孩子的闹腾
一路都是铃铛和泉水
数不尽的喧哗，道不清的欢笑
晚年登山
必是爱看周遭的一切
虽然我还没到晚年
但我想
一朵花一只蚂蚁

都能给我牵绊

光线的纯粹掉落在林梢

在这样的时刻中，回忆过去

才有登山的意味

7

仙人把一只瓶子

遗落在了人间

于是，我们有了一处风景绝佳的胜地

一个俯瞰世界的高点——

银瓶山顶，云雾缭绕

大风吹过遍地的茅草

日落又夕阳。星辰照耀宇宙

时光浮沉：但并不妨碍

我们一起出现在它的山峦之上

让我们把这荔枝酒吃完

把这茶杯再倒满

日落的光线

照在下山人的背上

有一种初夏的浪漫与气象

第二辑　时光的谣曲

寄友人

还有遗憾来不及说。松果落下
这水晶里的心，在傍晚有些黯淡

过江，向南
向光线更加燥热的地方
什么时候把心里的冷逼出来
什么时候就不走了

养一个鸟巢
把对世界的念想都给它
那三只未开眼的小雏
每喊一声，它们身下的叶子
就绿一下

秋　意

十一月的夜晚，沉积着
过去所有日子的记忆
深色的树木在风中站立
星星低垂着。我忽然想起
未曾对你说的话。那如波涛一样绵长的
沉默。或者，如松林一样长久的叹息
是的，秋天了。当我回头
所有的时间重叠在一起
你的笑带着微微的凉意
像还没有到来的雪
在日光下熠熠生辉

心 情

水晶离开。于是
秋天把雨水降落下来
风声越来越慢
你静静地看着这个世界

湖水变得透明
在花朵凋零之前，要把所有的声音
交给飞鸟，交给日光
美好的一切在归来也在逝去

能够靠近你的人
正在天空下
缓慢地，一步一步地走来

甜　蜜

最初是浅浅的鸟鸣
倾斜的日光。在秋天前面
她遇见了自己的甜蜜
那时，她有轻轻的黛眉
像暮春里看不尽的烟云
傍晚淡而开阔啊
连寂寞也不能过分地收藏
她醒着，南方的空气里
美好的事情寂静而热烈
仿佛一闭上眼，就有亲吻
如花瓣一般，落满她的脸颊

回　忆

想到水仙花，就想到你青涩的脸
想到高远的天空，日光像白色的栅栏

我们把翅膀收进岁月的橱窗
断断续续的故事里，水巫女
亲吻了一只自卑的天鹅，他因为寂寞
而忘记了自己的微光。世界微微缩小

我们都只是忘记了来时的路
就像秋天的风，需要经过一段漫长的路程
才能回到最初的地方

五月的玫瑰

五月了，玫瑰还没有开吗？
粉色的紫色的黄色的
还有天蓝色的
那么多的颜色，令人饱含期待

我已经等了太久
且不能再等了
你看院子里，蜜蜂到处飞
那么多的葡萄酒，白色的紫色的红色的
就在这里——在这日光下
散发迷人的气息

而你一走过来，五月的花冠就将绽开
日子会变淡，岁月会像虚无的歌声——
反复循环地吟唱
我知道：回忆终究是无用的

但这五月，这玫瑰，这花冠

——多么多么明亮

我知道深深的刺，一直被隐藏

但那又怎么样

我们都深深知道——

世界是一场梦幻

爱着她

爱着她。因而爱着世界
因而爱着棉花虫，蟋蟀，迷路的翠鸟
风一般的猫咪。下午的躺椅。夕阳下的街市

爱着她。因而期待在山间遇见流水
一起戏水，听她哗啦哗啦的笑声

爱着她。因而期待新的一天
她在平静中醒来，揉揉眼睛
伸出小手要抱抱，然后撒娇地喊
PaPa——PaPa

爱着她。因而希望万物都能拥有
自己的温暖。在黎明里
每一处向上生长的枝条
都能有助于，世界变得更柔软

打　雷

打雷的时候
女儿在睡觉
打了一会儿之后
她便在睡梦里哇哇地哭起来
并且喊：PaPa——PaPa
我说爸爸在啊，爸爸在
她坐起来，又大哭
拉着我的手，去捂耳朵
当我捂住她一个耳朵之后
她还要我捂另一个
当我的大手终于几乎把她整个脸捂起来时
她伸出小手，要来捂我的耳朵
说，PaPa，要……要……

空　隙

孩子在客厅里搭积木
往上叠高五块之后，她就开始鼓掌
并且咯咯地笑出声来，随后推倒它
重新开始。孩子的奶奶在身边陪着她
帮她数数，提醒她可以鼓掌了
离她们几步之遥，是阳台，绿植在光线里生长
再往外，是楼下的大街，车来车往
生活的光晕笼罩着我目光所及之处
一种宁静的温润击败了我
世界浩大，而我的目光，在高楼之间
寻找着时代的空隙

小猪在长大

小猪，现在是什么时辰了
你还在睡吗？星辰都起来了
你做梦了吗，风车是不是有十八只

小猪，日光在你的家里吗？
今天的浆果，有没有和昨天一样
充满虫鸣的味道啊

小猪，时间跑得过你的小蹄子吗？
你回头了没有，我听见你的笑声
哗啦哗啦的，像河流一样宽阔

小猪啊小猪，风起时
我们要迎着风，去草地对面
告诉猪妈妈，今年的雨水
与去年的一模一样啊

青春期

在回忆里
那儿有一堵墙
我怎么也越不过去
我记得在清晨的海边
我们在踱步，偶尔爬上海滩的碎石
海岸线很长，仿佛有青春那么长
那时我应该是十八岁，她呢
应该有十七了吧。我从没有拉过她的手
你知道，整整一个夏天
我们都在海边
只有一次，她从一块石头跳向另一块
差点摔倒了。我刚好在她身边
下意识地拉住了她
那天我们应该说了很多话
但现在我一句也记不得了
连她眼神里的清澈也几乎忘了

一生很长，又很脆弱
如果有一块琥珀可以收藏
我愿意固定一些共同的时辰
像我们在不经意间，彼此握住的手

疲惫

下午过去了
如同永不归来的少年拍马而去
而暮色还在抽泣她的爱情，从紫色到更深的沉默
多么恍惚。楼道里孩子们还在一片银色中喧闹
像极了夏天里热烈的蝉
世上千年，一觉醒来
疲惫的依旧疲惫。悲痛的依旧悲痛
永远虚构的剑客滞留异乡，醉酒发狂

七月以后

重复地想着远方
遗弃现在站立的城镇

一切仿佛可以忽视
时间，大街，吹泡泡的女孩
跑得多么快

守着我们永无止境的骄傲
让一朵花开放
让孤独的孩子不再孤独
可以做到吗

那个希望你点头的女孩
你一定要爱她

早晨或雨中

在很多个早晨和很多场雨中
他轻轻地敲开她的双唇
这时候世界在缓慢中移动，水在滴落
他抱着她
像松鼠抱一只浅色的芒果

从后面吻她的耳朵
湖水清澈，像雪和天鹅绒带来的微醺
一切微光都沉下去
包括生长的和凋零的，这一刻岿然不动

后来，她睁开眼
看远方，像看静止的
蓝色

七月的她

七月即将过去
寂寞在森林中。我所知道的独角兽
撞断了他自己唯一的角

更深的阴影，覆盖在额头
腐烂的野果，堕落的样子如同我们彼此的伤害

这被孤独切割的七月
这诅咒雨水和飓风的七月
这该死的充满我黑色欲望的七月

我该拿什么来离开这一切
烦恼缠绕着她，像妖精侵扰着藤蔓
她住在雨水中，等待我的吻

我想我该抱着她
穿过这个七月，前往另一座花园

雨　中

夜晚的一部分被隐藏
我在远方
我不在远方
那个在影子里的人
被风吹走

三月，三月
夜晚不长但寒冷
很多事情不再需要反复诉说
世界卸下倾听的耳朵

我在雨水中
与你相隔

在海上

在海上。一个人
遇见蓝色的鲸群
它们多么像阿拉斯加的人鱼
虽然我从不知道阿拉斯加
但是她们一直和我交谈，甚至没有留意
天空突然掉落的雨水

秋　天

秋天的叶子闪动
我们呼唤野玫瑰
草地上没有其他人
只有我和她
那时我并不知道她已决心离去
她回眸对我笑，眼睛里有
浅色的琥珀
秋天在脚下，在高远的晴空
在微风中。而她在搜寻一种
名叫银边草的植物
我不知道她为何要搜寻
整个下午我们都在为此忙碌
我感到一种短暂的宁静
时间仿佛在我们单调的重复中
静止下来。犹如记忆中
永恒的定格。多年后我才知道
银边草有白色的花
它枯萎，并重生

祝　福

今天下大雨了，我骑着电动车出去
回来的时候雨还没有停。我一只手把油门
一只手打伞。落到我身上的雨很少
但落到鞋子上的很多。天空有点黑
像某个出不来的梦境。雷的声音透过树叶
虚张声势。我要去买很多田螺
趁着大水把它们送走。并且念一段经文
祝福它们：能有自己的快乐

旧　事

在一场肆虐的雨水中
我看见夏天的影子
他在咆哮，并且亲手摧毁了自己
繁华的假象。旧事如花。终归成了不能拾起之物

而我懊悔：没有在往事的尾巴上
作别。只有在破碎中，事物才显出它的真诚
痛苦和恐惧才敢彼此对视。就像水晶沉入海中
而木头长出了木头

留在海上的孩子

那不可见的哀伤
深埋在涛声里
像缝纫机在运转：命运
这孤独的海豚，忽然在暮色中沉默

更深的光：在海水之下
路过的孩子，已去了远方

那些忧伤的下午，你渴望看见
时光中巨大的悲悯被召唤
渴望漫山遍野的勇气从大地上升起
化为自由的海藻
让忧伤的人不再忧伤

中秋烧塔

童年的中秋夜
当大人忙于摆香案
对着月亮喃喃朝拜时
我、堂兄，还有其他小伙伴
会溜到老屋荒废的土墙边玩烧塔

我们到处捡瓦片
胡乱地垒成小塔的形状
又在塔身里塞满野草和枯枝
倒上偷来的煤油
堂哥划一根火柴扔过去
唰的一声，火焰蹿起来
映在每个人脸上，绚丽而温暖

而人世苍茫
后院那堵荒墙早在岁月中不见了踪影

我的堂兄，我儿时的玩伴
也都散尽在这艰难的俗世里

那些年，乌凄凄的世界里燃烧过的塔
怕是再也没有人惦记了——

那年的萝卜灯

那一年元宵
我们三兄妹坐在家门口
眼巴巴地看着街上
来来往往的灯笼

那时爷爷还在
他不知从哪里摸来了三个萝卜
先是从中间挖开，做成平台
后来又在上端穿了铁丝，一提
果然是灯的样子。我们围着他
他点上蜡烛。说：走，我们逛灯去

在星星点点的灯海里
小小的我们，提着特别的灯
我一直记得
世界那么黑，但又那么亮

文光塔的守候

小时候
我爬上过文光塔
那时我是一个多病的孩子
我的母亲，带我从小镇坐三个钟头的汽车
一路颠簸去县城求医。我一路哭
她一路抹眼泪。有一回，为了哄我
她说看完病就带我去看文光塔
她说那个塔像一艘巨船的桅杆
爬上去，就可以看见一个宽广的世界

后来，她为了省几毛钱
让我独自一人爬上去了
而她在塔下仰头等我。这么多年
我早已忘记当年看塔的感觉
只记得上塔时颤颤巍巍的心情

多年以后，我们迁居县城
有时我就在塔附近走来走去
但我再没有上去
我早已习惯它成为我生活中的一处风景
隔着时间和不可追溯的风尘

但直到今天，我才知道
原来这个地方曾叫千佛塔
宋代时就存在了
为了让一个母亲安慰一个受伤的孩子
它那时原来已在风雨中等待了八百多年

当夏至遇上父亲节

气温突然就高起来了
天空很高，蔚蓝蔚蓝的
像父亲开朗时候的脸

据说需要三千年，才能在夏至这天
把日食和父亲节叠加起来
朋友圈里，有人把太阳拍成弯弯的月亮
暗蓝的纯色背景里，金色的光晕让人着迷
有人晒和父亲的合照
有人晒和孩子的合照

而我，啥都没有做。父亲节快乐
这样的表达，我三十多年来一直没有
对父亲说。但值得一提的是，今天
有人送了我两颗挂绿
据说是荔枝中的极品，夸张的时候

一颗能卖到百元以上

我吃了一颗，另一颗带回来
给父亲。我告诉他大概的价格
他无情地嘲笑了我
"绿成这样的果子"
他说，"哪里都有"
说完，他淡定地吃了

相　逢

现在。暮色沉下来
她从十一月的寒冷中怯怯地回过头来
雪白的围巾被晚风扬起。她看着他
岁月的碎片在缓慢中剥落。夜色忽然就暗下来

他乱蓬蓬的胡须在夜晚的街道上颤抖
像一只奔跑中突然被击中的兽
这城市无数的车辆从他们身旁呼啸而过
回忆在无言中撕裂。她暗自落泪。隔着整整一条街
雨忽然就下起来了。他渐渐看不清雨水中她的脸

情 书

"亲爱的鲟，我要去月影城了
听说那里很冷，只有蓝色的冰。"

在梣树上，写一封情书
给远在北海的鲟鱼
告诉她今年的无花果树
一直没有结果

就像空空荡荡的旋转木马上
美好却恍惚的音乐

再 见

我不曾
用信笺给你写信
不曾在红房子里
喝醉。我起身离开
再回来时已是冬天

我忘了甜言蜜语
忘了我们走过的每一个方向
唯有雨水可以
穿过这座南方的小城

再见了，花朵一样的姑娘
再见了，咒语一样的青草

夜之谣曲

1

她隐匿在镜中
风暴隐匿在雨水里

我有点怀念，去年的夏天
那时我还能借给你一个肩膀
而现在，栅栏的两边开满荆棘

人们说："把它戴到头上，就是皇冠"

岁月寂寥，我真是有点想念
那时蝉声不断。所有的欢爱
都像久远的雨水，等待着归来

2

蓝色的薄雾，氤氲着
夜的灯盏：像一枚孤独的水草

她在江边，低头看自己的
流年。那青春的虹彩
消逝了。你卷动的云烟，也不见了踪影

她有干净的容颜
夜色多迷人。却终于没有回头

我记得我们走过很多路
为了去听一场雨声

3

从秋天开始的街道有点悲伤了
我在黎明写信
夜晚明明隔得那么近——
却难以靠近

4

空阔的海：我看见银鱼
在你的星空里闪烁。我听见
寂寞里的阴影，像沉默的石头
在命运手里，发出巨响

我们路过彼此，还来不及互相打量
我想着安慰你，这脆弱而美好的灵魂
而夜晚，这孤独的风声，正独自吟唱

5

秋天即将离去
我陪着她，跳这最后一支夜的舞蹈
你不能说没有忧伤。哟，忧伤
我们一起回去吧：那年夏天
水仙花的影子在诉说光亮
雨水一直掉个不停
像那个夜晚的小提琴
再见了再见：青草都要醒了

6

在黑暗里叫醒你
然而，时间发生错乱：是我记错了
你不在此刻。风声鹤唳
我曾有过眼泪。只是如今草木茂盛

7

我们都是天真的人
我们去雾里看花

但时间的渡口很远
从这里到那里
像看一场跨世纪的话剧

隐形的心脏、苍白的灯光
它们汹涌着：多么像水流过的思念
像江南的白马，像那一夜，只有雨声

旧　歌

1

想你的时候
电话总是没人接
空荡荡的
像下雨天

2

我试图在你心间栽种一株玫瑰
在上面写下我的思念和爱
四月了。雨水下个不停
夜晚太遥远。我和你之间
相隔着十八个公交站

3

空空荡荡的玻璃上，有高远的蓝天
不能停下来，木马在旋转
像我的爱，围着你

4

雨水，和四月的寂静，一起落在纸上
桃花开了又败，败了又开
我在风中抱紧你，亲吻你的眼睛

5

你的样子，日光一般清澈
如寂静中的花瓣，山涧里的泉水
日里夜里我想着你
像走在世界的万物之间

6

美好的是句子，还是写句子的人？

你离得很近，又很远
我爱你，想抱你回家

7

土豆安静
好像她们从来没有过争吵

8

风声里醒来
周围一片寂静
雨水倾注的世界
水银一样亮丽和晦暗
你在远处，藏在阴影里
不和我说话
雨就这样下了一整天

9

所有的风吹过
但吹不到你的内心

我站在雨伞之外
看车流如何离开这座城市

10

我渐渐忘记
你在风中说话的样子

第三辑　星辰与烟火

没　有

没有永远蓝色的花
没有永远的少年

当我们说永远
时间就把一切抛在了后头
年轻时候的天气，午后的雨水
我们相拥而泣的时刻。无法返回的人生

有时会被记忆困住
像植物，被困在雾水中
像亡灵，被困在自己的时代

需要一场大雨，去洗清自己
需要哭泣，去温暖一座倒下的城

需要雪

天冷的时候
就插上电茶炉，身体的热需要一杯
从高山上下来的清茶

孤独的时候
就读诗歌，灵魂的冷
只有在灵魂的碰撞中才能取暖

而人世的苍茫
需要雪，需要大雪三日的覆盖
那么多苦难和无助，那么多往眼睛里流回去的泪
它们没有声响，洁白、广阔
即使我们倾尽一生，也难以抚慰

雨　中

陌生人再三在外面
拍门。雨水淹了半个小镇

孤独不单单是
个人的事情

有时
我听见芦苇在风中呼喊
有时
我遇见孩子在水中哭泣

我有
无限的山峦
也有
无限的尘埃

花 枝

蓝色的花枝
最开始凋零
在夏天还没有开始的时候

你会留下吗
你会留下吗

最轻的叹息是一只天鹅
它最像你
洁白而轻盈

当我们谈论世界

一只早逝的猫
舍弃了它孤独的肉身
正在安慰一个哭泣的孩子

一朵花，趁着雨季
回到了树上

一个死去的人，扶着门
终于回到了
旧日的屋檐之下

路　口

我路过这个路口
我路过那个路口

这儿有人在卖麦芽糖
那儿有人在卖棉花糖

夏天的风很凉
自由的孩子
在窗口展开笑颜

而在另一个时间的路口
我弄丢了自己

夏天有许多雨水
夏天的草很高

喜　欢

今天我和女儿在路边找野花
我们找到了开堇菜、锥托泽兰、红花酢浆草、田荠
还有太多我叫不出名字
它们的花都特别小
黄的、粉的、白的、紫的
点缀在杂草间
光在一些花上停留
清风平等地吹过它们
它们渺小，却极璀璨
那种独自灿烂的自在
让我心生欢喜
这些随季节和光线移动的小物种
一生只与蚂蚁和蜂蝶为邻
却让荒野唱起了大地之歌
比起新闻里明灭不定的世界
我显然更喜欢
这路边的杂草和野花

忧愁的下午

忧愁的下午
我们坐在马路牙子上
看汽车来来去去
你在等一个遥远的电话
我在等风从天边吹过来
如果天凉下来，我就穿过大街
到海里去

到海里去
喝一点咸水，像笨拙的鸭子那样
被海水带走，再被它带回来
这七月末的夏，谁也不明白我们心里的寂寥
游水的孩子很多，但他们读不懂潮水的蓝

如果游得再远一些
就可以看见更清晰的地平线：摇晃的世界

你记住了云朵的样子，像孤独的猫
星星在云朵之上，在那看不见的地方
飞来飞去

路　途

雨水在低语
燕子从它熟悉的街道
返回。我们在路途中一再回望
彼时的烟火，另一处的生活

如果可以，我不愿意只是过客
沉醉于夜晚的凉风。大街上的人们
像优美的单曲循环。而孤独
是一个巨大的玻璃罩

这日复一日的空虚
将把你我吹向何方

满山岗的星星草
在黑暗里，站得更远
而雨水中的岸，几欲动摇

忧　郁

鱼在湖水的浅处游动

周围是早已设计好的人工树桩

细碎的阳光使水面显得透明

一种淡淡的琥珀绿，让人想去亲近

附近的矮灌木丛里，野生的雏菊正在绽放

这是南方的一月，某种内在的悲伤在流转

空气中，弥漫着薄淡的温凉

我知道，在这个人造的小区外面

是庞大的机器，每个人都在其中小心翼翼地生存

正因如此，我对着一截树桩

竟生出了如同面对遥远星球的忧郁

三十岁以后

三十岁以后

我热爱海水甚于火焰

孤独、无常、死亡和时间

这些冷色调的事物

占据了我的榆木脑袋

我总是想：在这个轮回里，该如何面对自己？

每天按部就班地出门

再在深夜的公路上独自驱车狂奔

有时候，我也渴望去流水里认清自己

去广阔的山巅坐一坐，遇见了白云

当会心不语。遇见了松鼠

就点头致意。世界予我以无形的羽翼

我又以何回馈？

日光里，有觅食的蚁群

林地里，灰鸟自由跳跃

在此之上，是晴空，是深秋里变老的树

天地辽阔啊，山长水远

一颗止不住的心，仍在日夜跳跃

寻 我

水草、红杉、湖水、天空
那么多看似永恒不动的事物里
寻找不到我。虽然我也爱着
那老枝上的灰鸟巢。爱着
那黑黝黝的树洞下尚余温热的蛇卵
但我找不到我

川流不息的东大街
呼啸而过的轻轨上，没有我
我在何处？
当梦游者丢失了自己的舌头
当苦难者还在街头被反复地观看
我在何处？

我仿佛不是我，我是另一个不在此处的事物
靠着荒唐的哭泣才引起了世界的注意

我是飞鸟，是螳螂，是枯叶上的露珠
是秋天里落下来的霜
是滴在你心里的
最初的悲伤

白云在转向
下午没有暴雨
我走在寻你的路上
我就快成为你了。但还不是
我在路上了，所以
你也是

停下来

风停下来
月色有银色的宁静

我停在你的寂寞中
那些路过的事物：云彩、海浪、山脊、微光
成为时空之外的影子。挣脱了我们的生活

安　静

溪水是明朗的，一路都有石子相伴
一个絮絮叨叨地说话，一个习惯性地沉默
话说出来，就成了风中的歌
沉默刻进了骨子里，就丢失了棱角
有时候我就喜欢水边的宁静
不间断的低语之歌，会把整个世界都空掉
只有王维诗歌中的白云还在变幻
只有石头里的事物还在挣扎着
把自己拎出来

此刻没有雨

此刻没有雨
但雨下在时间的洪流里
我曾看过树在雨中的样子
在细雨中是星光
在暴雨中是无声的奔跑
此刻没有雨
但雨落在时代瘦瘦的脊梁上
也落在我的头顶
落在我的心我的肺我的忧郁的早晨
人世间那么多具体的苦
医院里那么多具体的人
我不是不知道，不是看不见
我是不能太多地去看
他们都是我在这世上
艰难的大雨

中　年

反复地，听同一首歌。无限循环的
吟唱。像来来去去的人群。背影模糊
却总是热闹地，扮演着生活的烟火
反复地，走同一段路。叶子绿了
叶子枯了。风吹过，有哗哗的声响

午后，树叶间有光线
水泥路上无法翻身的甲壳虫
它的挣扎，增加了日常的悲哀
日子并没有太多的不同
有时走着走着，就会遇见
自己。一次又一次
并肩走一段安静的路

越来越遥远啊。自己
好像已经在岔路上走了很久

这一生，像是停不下来的瀑布
如果那汹涌的水流，可以
一直往前，希望朝向的
是那无限世界的入海口

贴胶布

什么都有了：
食物、水、睡觉的屋子、春天的雨
跑来跑去的孩子、结婚多年的妻
然而灵魂依然空虚
在最热闹的场景中，也在吼叫
断裂、挣扎。有时候你甚至能感到
它在扭曲自己时掉下来的
碎末。像玻璃碴子一样刺人
需要时不时就给那些伤口贴上胶布
而有效的方法是：去看远处的海
去公园无人的角落
听一听，那断断续续，却无人能解的
天真鸟鸣

不可靠的事物占据着我们

不可靠的事物占据着我们
此刻，窗外正在练习歌喉的那只
未曾谋面的鸟儿，是这个清晨的惊喜

我和她的缘分，取决于她的心情
取决于此刻照着她的光线
取决于枝条上的微风。我们彼此被不可知包围
她不知道有一个无名的听众
正在一栋建筑物中思维着她的形象

此时此刻，这看似完美的时空
却随时可能
断裂、崩塌、消逝。我不知道
如何去折叠我与事物的联结
就像那远在千里之外的洪水
随时可能冲垮我
内心的堤坝

夏　日

夏日的光落在浅绿的树叶上
落在红砖砌起来的栏杆边
四周只有灰蒙蒙的寂静
空调在高速运转
蝉声在随处可见的绿荫里轰鸣
但奇怪的是，你一眼望去
却看不到任何一只蝉的鬼影

此时，遥远高原上的花应该
开得热烈而抽象。因为想念它们的人
此刻正被绑在教室里。他是裁判员
热爱胡闹的孩子们，此刻正在埋头
做卷子。鬼知道他们的脑袋里此时正在
想什么。世界仿佛静止了——
那么安静而空旷

伤　逝

到处都是易逝之物
门把手转动着
火车在呜呜地叫
当它经过，我明显感到泥土里
有一种年久失修的味道

隔壁的剃头匠走了
没有征兆地。在有微风的下午
给最后一位客人整理完胡须之后
他就在那张破旧的藤椅上坐了下来
当人们发现他的时候
他还在微笑

夏天就快来了
仿佛离我们只有一墙之隔
而我在学习遗忘
慵懒的猫

躲在阴影处，半睁着眼
我知道的，海风就要吹起来了
那一种腥味，写满了发霉的潮湿

城市之外
叶子已经绿透了
自然界显然跳过了我们的悲伤
惊雷一阵一阵的
驱走了更多的雷

雨就要下起来了
不知道那些早已离去的人们
还有没有足够的力量
沿着旧路走回来

成为微小的一分子

从一朵枯萎的花中
取出昨天
从鹿的眼睛里
寻回早已逝去的春日

在越来越快的时间里
我需要一面看清自己的镜子

当卑微的尘埃落于大地
当平凡的晚霞照在山岚
当天空垂下它的碧眼，而我
须关上自己
去倾听世界的声音——
水滴的声音，虫鸣的声音
风的声音，遥远的星球的声音

某天，当我也成为微小的一分子——
一只小虫，或者一条孤独的鱼
那时，我会怀念巨大的天空
草长得高高的，夜空中
是数不清的星辰，和烟火

阳台上

我的阳台上
种植着山茶、雏菊、格桑花和茉莉
后来我的父亲，从小区的楼下
请来了剑兰、九层塔和大红花
现在，它们都站在阳光之中
山茶的花是粉的，雏菊开出了淡淡的青绿
格桑花星星点点地，散布在花盆里
风一吹，它们就摇动起来。大红花也开了
它最热烈，一大朵一大朵的烂红
九层塔是细碎的白。小时候在老家
我们总是用长串的九层塔和芋头一起来焖饭
此刻，正有一只蜜蜂在花间嬉戏
在它那里，这些花没有什么雅俗之别
而我坐在阴影中，和它们仅隔着一扇落地窗的距离
这个距离，或许正是我和世界的鸿沟

空　心

有时候

我的内心是空的

我不知道我在想什么

我也不知道我要做什么

我就那样静静地坐在十七楼的房子里

下面的街道有时宁静有时吵闹

我看着车开过来开过去，看着光线照过来又移开

孩子们在小区的空地上跑动

他们笑出了声音，并且像小狮子那样

在风中扬起了头发。那时我空着的心

像是被塞进了一点东西。满城的烟火气

忽地一下，在世界的表面扩展了开来

倒　影

一只缓慢的苹果
长在不安的树上
它在等待时间，让它成熟
让它像游来游去的鱼群那样
在蓝色的夜空里，发出星光

在夜的深处
我们无言地吞咽：
云朵、雾霭、火焰，甚至谣言
就是这样：一个时代的碎玻璃
穿过我们的身体，发出撞击之声
而天空深远，远离了谎言

银灰色的月亮

小时候在山里迷路
最怕看见坟墓
专注于摸索荒野小径之时
扒开草，蓦然就看见了那灰暗的
早已不在世间的名字

四下寂寥，林深似海，呼啦啦的林木中
虫鸟的鸣声增加了世界的不确定性
总以为某处会冒出来一个鬼
阴森森地站在身后，伸长手指，就要搭上肩头

上了年岁以后，依然怕在山里
看到零零落落的孤坟
总以为其下的白骨，怕是孤寂得不行
山间清苦，无以相娱
就算化为不甘的鬼魅

也只是徒有其形，被困在一块腐朽的木头里
或者一个破败的土瓮里。去日光里静坐
在寒夜里哭泣，然而并无人知晓

每当我想到自己，也正在走向这样孤独的骷髅之地
便心生凉意。然而，繁华的人世
又将以什么火热的事物来挽留你呢
除了银灰色的月亮，又有何人为你歌唱呢

语　言

语言在枝头独自成熟
我们空空的双手，想要拥抱
却被空虚环绕

多少年了，石头只舔它自己的伤口
在雨水中，从寂静到黯淡
只有幽暗：像一只倒立于寒夜的鹰
无限靠近黎明

来来去去的花朵，仿佛钟摆
从秋天，回到秋天

月 亮

夜空老了，你也老了
三十五年了，你陪着我
阅尽了江海之上的风霜

有时候我躺下去，冷冷的
不说一句话。江上多悲风
天涯类转蓬。再多的老酒也不能化开
漂泊的愁。大地上的三千州府，繁星一样的
是灯火。然而能给我安慰的
只有你

我一抬头
就看见你
还在温柔地
守着我

守着这个世界上的
每一个窗口
和里边的
老灵魂

黑　暗

他深爱黑暗
如同天鹅迷恋秋的湖水

他一再遗弃自己
只有在黑暗中，他才能回到
空空荡荡的自身。他感到苍老

感到光线从身体里被一点点抽干
他倒在孤独里，像倒在去昨天的路上

如同一个梦醒来

如同一个梦醒来
那些还在消逝中的事物
还来不及和你道别
就悄无声息地被春风移走了

这让我想起北方的枯树
它枝干间寂寞的鸟巢
也是这样的
灰黑，没有一点声响

秋　风

在秋风降临时
我不知道还能说些什么
陪你看着薄雾中的城市
茉莉的气息，在变淡
黑暗中，我们并没有靠得更近
一些闪烁的事物已经熄灭了：从一颗星
到另一颗星。让你沉醉的人
坐在蓝色的马车里
风尘滚滚

第四辑　内在的城市

时代感

是的，你没有看错
妖怪正在喷火
我们的灭火器不在身边
玻璃窗有点像纸糊的
光线时而柔和，时而狂躁
雨已经下了很多岁月
三年甚至更长
我想跨越这个时代
这种久远的念头
像是着火的人想念河流
一个冬天快过去了
我还到处找不到时光机
电视里有一种机器猫
可以撕裂自己，穿过薄薄的风
我看见自己内心的疲惫
仿佛雨水，落在没有屋顶的房间

小　旦

在戏台上咿咿呀呀地唱
人都走光了
月色有点凉
她回过头，粉白的脸
趁着水袖。一个时代的落寞
在她的腔调里
活了过来，又悄悄地
死去

车过云灵山

云雾在林长芯的手机镜头里
快速移动
此时暮色正向着夜色过渡
越来越暗的光覆盖在远处的树枝上
青山之下，小雨滴滴答答
而溪水的回响
敲响着一个季节的暗部
有人在车上密语，有人在小声道别
我们的行程，已到了尾声
许多的欢愉正在成为记忆
云灵山在汽车的高速行驶中倒退
窗玻璃上，雨把世界变得柔美
我透过雨水，再一次凝望山的深处
我知道，那千年的红豆杉、枫香树
将再一次从人间的烟尘里
回到自身的
隐秘中

在严羽公园偶遇一株银杏

在严羽公园
朋友们都走散了
那时候我没有围着
镂刻《沧浪诗话》的石头
没有再背诵那些诗一般的句子
严羽已经从历史里活过来了
但是许多事物并没有
例如我眼前这一棵小小的银杏
我在猜它的树龄
十年二十年三十年
我没有往下猜
再往下猜，它可能会
死于一次诡异的台风
也可能会在一场莫名的雷电事件中
苟延残喘
我猜不透时间的可能性

于是，我把目光凝聚在它的一枝嫩芽上
那里只有三片小叶子
只有从很低的角度往上看
才能发现一个近乎透明的蛛网结在上面
我看了很久
蛛网此刻没有主人
它在微风中摇动，偶尔发出微光
我抬头看天空
对于昨晚那一场雨
我有了更多的猜想

勇　气

没有勇气的时候，就把恐惧

化为石头

一颗一颗地数

直到在寒风中

掏出

归家的钥匙

雨夜独对电灯

把日常生活悬挂在头顶

眩晕、茫然

坚持着不倒下去

悲伤的时候，就写一封信给过去

反正也不会寄出。有时甚至还没落笔

就消失于无形

许多年了，来来回回地

记起她从山坡上回头的样子

快下雨了，那时空气中

有秋天的气味

但白炽灯冷漠的光，提醒着我

掐断一切荒诞之心

倒一杯茶，独自度过一个

有雨的长夜

暮 色

暮色
降临在
一只鸟身上

一瞬间
整个大地都空了
一望无际的是
摇曳的野草

芦苇比人还高
地衣很浅
它们都透出一种
很深的情感
石头有些清晰的凉
我感觉到
有些东西从我们身边离开了

海的声音

从记忆里的故乡隐隐传来

铺天盖地地，越来越响

超过了这些日子里的许多场大雨

有时候，我想掉眼泪

有时候，我不能说理由

生　活

缓慢飞行的金色虫子
在属于它的夏夜里梭巡
这可能是它苦寒的一生中
唯一美好的良夜

雨后的泥地上
一只从树上跌下的寒蝉在发声
它的翅膀破了，无法再飞行
但它或许不是这午后唯一的悲伤者

所有不能改变的事物
都令人感慨。无助的时候
我也曾抱怨过台风中的雨水
抱怨过一棵
即将倒下的老树

在更深的尘土里
生活寻找它的清晨
而鱼群和火焰，总有一样
需要在我们的内心留存

寡　欢

雨下得很大
下午显得漫长
瞌睡起来
时间还没过四点
无所事事，却什么都不愿意做
喝茶不愿意
看书也不愿意
世界很热闹，一上网
各种各样的声音，不知道什么时候
地球就将轰的一声
在你我的愕然中自爆
郁郁寡欢啊
仿佛一个人，掉到了深井里
然后说好吧好吧
那就在这里吧，我也懒得上去了

我是什么东西

我有
足够多的谎言
足够多的面具
足够多的愤怒
足够多的绝望

有时我是一个人
有时我不是

我是那只轮回了
亿万年的蚂蚁
来来回回地跑，却找不到路

我是老树上的那只
歇斯底里的蝉
喊了千百遍却没有人愿意听

更多的时候
我是小路上的稗草
空有长空万里、星河无限

秋　分

蜻蜓停在
另一只蜻蜓的上面
一动不动
连傍晚的风也吹不走

荷花长在
荷叶上
仿佛初恋时
掉下的第一滴泪水

一个人
看天看地
却觉得
没有什么话
能说给谁听

林　间

避开眼睛所见到的事物
把残破的自己
交给雾和风
这亦幻亦真的尘世
在林间呜呜地响动
被高寒所逼迫的生灵
偶尔发出短暂的抗议
这世间的清苦，往往超出语言
啊，我瑟瑟发抖
却依然想驻足停留

岛　屿

那儿有一座岛屿，梯子

架得高高的。荒草差不多

与墙齐高。除了我

人们已经离开。不远处是海

我的邻居是种类繁多的鸟

有时是白鸥，有时是乌鸫。当然也有

黑鹳、信天翁和海雀

它们喧闹着起飞和降落。偌大的海滩

仿佛巨大的飞机场。有时我期待

遇见一只高高的长颈鹿。也许这并非没有可能

谁知道呢。月亮在这个岛屿时高时低

我甚至觉得，如果能爬到长颈鹿身上

也许就能和月亮在同一个高度交谈

我记得在我还是孩童时期

这样的事情曾经发生过。然而，作为一个

逐渐老去的中年男人，我的忧郁

并没有改变世界的逻辑。就当我已然
潜水离去了吧。月色浩大
长颈鹿，正独自在月下吃草
它已忘记了来处和归途。在茫茫的荒野中
唯有青草让它感到沉醉的幸福

荒　野

在自己的荒野
你知道的，那种只有自己、风
和无尽枯草的地方
我想，每当那样的时刻来临
世界便不存在了——时间和空间连为一体
可以自由穿梭。而孤独，无可匹敌
自己便是自己的幻影和敌人
雨水使大地沦陷，但一只灰色的小鼹鼠
就可以使一座森林恢复生机。在自己的体内
万物以更快的方式运转
往往清醒过来时，日头已照西墙
楼下车水马龙，每个人都在自己的轮回里
努力地，用尽全力地——
生活着

小昭寺

我原以为唐朝会是一场太模糊的梦
但你就在面前——
镂刻着莲花、真言和壁画
一千多年了：即使战火和时光
也不能打败一座城市的爱和信仰

在小昭寺，我磕头
祈求诸佛菩萨加被
我想看看过去的云烟
是如何经过我的生命
我想明白何以那么多年过去了
我会来到你面前——
像一个迷路了太久的孩子

在拉萨

1

抵达拉萨时已是傍晚
从平措康桑青旅的楼顶
一回头，就瞥见了晚霞中的布达拉
那时云朵聚涌，色彩渐浓
城市的光，像天空最后的眷恋

2

我说不清
或许只有清晨和傍晚
你才能看清这座城市的斑驳

一个旅人用头顶礼着黄色的布达拉宫城墙
无数藏族人沿着布达拉宫顺时针转绕

他们手持转经轮，默念咒语
佛珠和他们脸上的沟壑交织着
使你无法分辨现实与幻境

3

日光浓密的午后
一个人在大街上晃荡
每一处偶然遇见的转经道
都是一段沉默的旧时光

4

喧闹的大街上
旁若无人的朝圣者
一步一磕：他满身灰尘
一个大大的节瘤堆在额头中央
仿佛绝迹多年的独角兽
当他对着虚空跪下，大地一阵颤抖

5

我看过拉萨的云
但我承认我直到离开的时候
还依然什么都没看懂

我来时一个人
走时也只有一个人
为了抵抗永世的孤独
我在这座城市无数的转经道上默念：
嗡玛呢巴美吽舍

6

在拉萨
我越发地想念我来时的路
在拉萨
我越发地想念生命中一切的温暖

飞 虫

隐匿在树叶间的毛虫在熟睡
雨水来了，它睡
日光来了，它还睡

像是一个漫长的隐喻
它忘却了忧愁和焦虑
像世界忘却了自身

只有时间还在流转
于是它化了虫蛹，变了飞蛾
扑棱棱地向着晴空，去往陌生的城镇

短暂而辽阔的一生
从它打开翅膀的那一刻，就开始了
风在迎接它，日光在照耀它

而它的身边没有妈妈
它是一个坚强的孩子
要学着，在天空之下
适应作为飞虫的生活

台风天

坐在椅子上
等待夜晚更深的心

台风如期而至
大街上，只有幼小的树
还站着

我们在雨水之外，久久不曾说话
小镇变得幽暗，如一只随时要掉下来的熟果子

你说你有一颗心

有时候它像一颗草莓
带着十八岁的红晕，羞于对生活提出
恶意的揣测。宁愿把雨水和风暴
看成是美好世界的一部分

有时候它像石头
硬邦邦的。宁愿和铁锤待在一起
对于难堪和不公，爆发出只有打铁匠
才有的愤怒和疲惫

对于未知的世界，它愿意以最大的想象
去等待。在我们所不知道的地方，那里有
广阔的草原，成千上万的羊在吃草
他们的洁白是我们曾经的柔软

你说我们都有一颗心
你说我们都有
只是，我想，我的那一颗
至今仍未长全

一个老人

一个老人跳江了

寒冷的冬天，他把衣服、电话本、身份证

用塑料袋细心包好

留在了桥面。然后

以一种必须死的觉悟

从高桥上一跃而下

有一瞬，他像一只鸟

为自由而昏眩。仅仅短暂的片刻之后

他像一个麻袋，撞击在水面

发出一声闷响。三天后，

他被打捞上来。他的老伴

一个尚在ICU里昏迷的老妇人

从此无依无靠。这对可怜的老夫妇

仅仅是渴望老有所养，却被一家养老公寓

骗走了一生的积蓄

老人百般求告，但绝处无门

跳江前，老人去看了
老伴最后一眼
并给她喂了最后一次
午饭

苦　涩

很多时候我并不关心
草莓。虽然它在清晨的逆光中
有越发清晰的边界

但我的眼睛我的耳朵时时被挤压
无数的苦难，被放入具体的肉身
他们被病痛架上手术台
被时代搅入模具机
被生活从高空作业中抛出
被卑微深埋于矿井之中
偶尔会从他们中间
爆发出一声撕裂地狱般的惨叫
那是一道足以掩埋黑夜的光芒
足以让大地持续战栗

而我们

什么也无法为之分担

我的心被无奈充满

如枯坐于街角的盲人

沉默地等待命运的施舍

如断臂的流浪汉，即使声嘶力竭

也只能装模作样地假唱

岁月把我们的悲悯

打磨成铁石

它们都有一副沟壑的脸庞

却不足以惊动

眼角的泉水

很多时候我并不关心

草莓。虽然它有一颗草木之心

但我无数的苦涩，并不能

喂养它清澈的灵魂

颤　抖

一个女孩，在大街上
追着她的妈妈——
妈妈在殡仪车上
女孩在追，在喊：妈——妈——
她喊得多么撕心裂肺
仿佛人世间所有的苦难
都在那一声声叫喊中
颤抖

三年蝉

三年蝉在树上享受属于自己的
片刻欢愉。它无非是想
用它软塌塌的吸嘴，从树皮里搞点
甜头。无非是想，通过嘹亮的呼喊声
来靠近另一只蝉，然后，了此残生

其实想想，我们与蝉也差不多
过了热恋期之后，一直在本地楼价中徘徊
掰扯着工资与房价上涨的差距
偶尔在生活中红了眼，也只能一瓶二锅头
喝三次。夜里睡不着觉，就在单位的走廊里
走来走去，走去走来。把声控灯搞得
如幽灵般迷幻

一切虽是短暂
但又是那么漫长。事物在日光下吱吱长叫
总有一天，三年蝉会四肢僵硬，直挺挺地
摔到树下。化作深深的秋草

泣

当她哭泣时，世界一下子回到
秋天单调的雨水当中。像一幅
涂了太多蓝色颜料的水彩画，有一种悲伤
被限制在空间的某处。窗帘上孤独的花
玻璃上的水汽，因安静而适合分担
此时万物从驳杂中慢下来
此时，无人知道如何把一个女子
从命运的黄昏里喊出来
她要学着：与自己对话

到别处去

还剩下一些绿地
承载着夜晚最后的露水
还剩下一些薄雾
在清晨的光线里挣扎着不愿离去

十二月
凉薄的日子，候鸟早已停下
而我们需要迁徙，需要在烟尘里泅渡
去往陌生的未知之地

城市的灯火太过繁华，因此离开的路
就显得有些哽咽。十二月了
我们在寒冬中簌簌发抖：越来越接近的雪
在云层之上酝酿、徘徊

路途上，那些脱了叶的枯树

令人羡慕。他们有幽暗的根
即使风暴
也难以撼动他们苦涩的一生

日　常

海水总是冲上海岸
　　　　——弗罗斯特

日常生活最不可思议的地方
在于你往往忘记了这是你自己的生活
我们倾向在争吵中度过。擅长把内心对
一切的不满击打在某个具体的人身上

就在昨天，我跟妻子吵了一架之后
又狠狠地揍了女儿的屁股。因为她总在
睡觉前哭泣。其实这不是理由。我是说
哪一个孩子在不满两岁时不随意哭几下
以便表达需要全世界的柔声细语

有时我想，生活就是这样，我们沉溺其中

做了诸多奇怪的事情
正如海水并不明白如何被冲上岸
云朵随机地从一座山飘往另一座
但当我们凝视自身，一个内在的视点
像闪电劈中了一棵枯树

沉　默

他坐在角落里，吃着馒头
有时，一坐就是一天
不吃馒头的时候，他喝桥下
有点凉的湖水。许多个夜晚
他被寒气叫醒。于是起身看水
看黑暗中的鱼。他知道它们也在看他
他羡慕它们，有从此岸到彼岸的幸福
那幸福他也曾有过——
那时的夜色里，她的小脸蛋
带着笑。她喊：爸爸——爸爸——
而今的月色，像银橄榄
故地的雪，已经很深了
南方的风，却还是那么轻
这让人忧伤啊——
他对着湖水：只剩下长久的沉默

夜鸟高悬

水一样的早晨
我们把时间打上结，用许多欢笑
和不加节制的零食，来收藏
一日的光线。孩子们在画板上
画下花瓣和流水。妻子在阳台上
忙碌。植物有脚的根须
都垂了下来。美好被放大
日子显得宁静。但我知道
巨大的阴影一直被高悬
内在的惊恐，在广阔的世界中游曳
仿佛无数的夜鸟，在惊魂中
等待那随时会失去的——
黎明

时　间

你和我，只是
站在时间两岸的小虫
脆弱的骨骼
甚至比不上一副生锈的伞架
尘埃在天地间飘浮
鲸鱼去向辽阔的深海
而我，我们——快四十岁了。时间让人慌乱
忧伤的时候
会想起十几二十年前——
那时我们晚间下了课，在大街上到处瞎溜达
路边是烧烤摊，小贩油腻的笑容
像亲切的塑料。烟火很大，嘈嘈杂杂的
多么像老式电影里慢放的镜头

与己书

与另一个自己交谈
乃至彼此征战厮杀
以保持某种适当的平衡
欢喜、暴怒、嗔恨、傲慢、贪婪
时时于内心搅动。无尽的河流在奔涌
这念头之流，总是无法沉静下来

何处有我？我在何处？
去筋骨、脏腑、血肉里寻？
去脑海中寻？此刻正在发言的这一个我
确定就是"我"吗？
我仿佛是我之外的事物，并非有一个可靠的
坚固之所。飘浮如过客

我是水，是草木，是云霞
是瓢泼的大雨，是雨后山岗上安静的岩石

是这个世界可有可无的一部分
是它的光点，也是阴影
是梦幻，也是露珠，但绝非中心

我喜欢
露水之下的蚁穴，蚁群忙碌着
它们以渺小之身运输粮食和意义
我喜欢
秋晨之上的鸟巢，清冷却有婉转之鸣
探头的小不点叽叽喳喳，岁月尚未把
最初的烟火加诸其上

如果有傲慢，我理应化为秋虫
代替蟋蟀，去守护时代的未名

后记　寻一颗自在而柔软的心

我大概是在初中二年级就接触到了现代诗，当时读到了一个叫文爱艺的诗人的作品，那会儿觉得挺新鲜的，许多不乏现代又蕴含古典韵味的句子给我留下了诗歌最初的熏染。上了高中之后，我又陆续阅读了郭沫若、艾青、牛汉、绿原、戴望舒等人的诗作，戴望舒诗歌中的音乐性给我留下了深刻的印象。但直到有一天，我在无意中读到海子的诗作时，脑子才轰的一声，像被命运的闪电击中。之后很长的一段时间里，我都沉浸在海子的世界里，他那种语言的抒情性和情感的炽热与孤独，给我带来了很大的震撼。

上大学之后，我的阅读扩大到朦胧诗群、第三代诗歌、知识分子写作等，甚至往前追溯到诗歌草创期的胡适，也重补了一些重要诗人如冯至、穆旦等人的作品。随着时间的推移，很多诗人成为我反复阅读的对象，诸如顾城、李元胜、阿翔、余怒、陈先发、张二棍、刘年、保罗·策兰、斯奈德等，他们表达诗意的方式和对语言精致性、细节性、跳跃性的追求，给了我很多的启发。

　　很多年前，我在一篇文章中写道：诗歌是一场冒险，你永远不知道在前边等待你的会是什么，但这种永无止境的历险的感觉，让人着迷。写这句话的时候我还年轻，刚20岁不久，整个世界仿佛才刚刚对我敞开。这么多年过去，从青年到中年，在世俗的场域中浸润得越久，就越觉得天真的可贵。有时候我在想，我现下的诗歌写作，到底是在往哪个方向走？还可以冒险吗？还可以不顾一切吗？

　　答案当然是否定的。方向已经成为我们这个年龄的生死线，我已经没有太多的时间可以去试错。甚至，"怎么写"和"写什么"都不再是我思考的方向，我想的，是怎么超越过去的自己，怎么样在庸常的日常中，建立一个独属于自己的个人场域。但"独属于"是一件非常困难的工作，它不仅仅意味着自我对世界的挖掘深度，也意味着某种言说方式必须以独一无二的气质对他人产生影响。以策兰为例，他的言说方式、语言构造和诗意成分，都是独属于他自己的，我们不得不在他的诗歌面前产生沉思，不得不对这样的作品驻足凝视。这当然不仅仅是策兰，其实每一个优秀的诗人，他们都自成了一个世界，杜甫、李白、王维、辛波斯卡、斯奈德、索德格朗、弗罗斯特、金子美玲等，他们每一个人的诗歌都不一样，都具有极强的个人性，独属于他（她）自己，但同时又恰恰是所有人都可以有所共鸣的世界。在诗歌这个领域里，当个人与语言的契合达到某种极致之后，语言便不再是语言，而是进入了传统，成为人类语言之河的一部分。

　　我经常对自我生存的时空产生一种邈远之感，在我之前，已经产生了太多的诗歌大师，迄今为止的诗人，浩瀚无有边际；在我之后，我也知道，还将产生出数量浩渺的大师。而在这中间，作为默默无言的平凡的自己，其实不能说没有遗憾。但遗憾或叹息都没有任何的用处，能做的，只是在这孤独的诗歌旅途上，一个人，默默书写。

　　回顾这么多年的诗歌之路，我感觉自己一直走在学艺的路上。一招一式，都来之不易。很多时候，我们无法模仿他人的语言。退一万步讲，即使模仿了语言，也永远无法模仿一个诗人的精神内核。写出保罗·策兰那样的天马行空、自由灵动的句子或许不难，但那种深深刻在策兰诗歌中的苦难是我们模仿不了的。所以，我越来越觉得，诗歌的阅读只能是一种启发，启发你用一种新的眼光去观察世界、看待日常中的细节。而在写作上，诗歌具备私人性，是一个向内的、不断自我挖掘的过程，它不可避免地要求诗人用一种"个人化的、独属于自己的"方式来表达对世界的理解。这种充满个性化的表达在每个诗人那里都呈现出不同的样貌，但在我这里，它是精神自由、语言自觉和内心柔软的一种复合物。

　　诗歌需要一种精神上的自在。诗人在面对写作对象时，需要抛弃很多来自传统的、文化的、经典的压力，需要回到一种赤子的状态。也就是说，在面对写作对象时，你是自在的、轻盈的、没有包袱的，你可以这样写，也可以那样写，你有无限的自由。这种自由不因为你的性别、地位、身份而有任何的改变。在诗歌的世界里，诗人要当自己的王，自由自在，广阔无涯。只有这种自在状态的建立，诗人才能在自己的世界里找到诗歌的立足点。但自在并不是说我们可以随意地冒犯这个世界早已约定俗成的禁忌，不，自在同时也是一种尊重和重塑。它的目的不在于破坏，而在于创造，它能使诗歌的向度变得敞亮而不可预测，充满了一种未知的可能性。

有了这种精神上的自在，才能谈语言的自觉。不同的诗人对语言有不同的追求。这个世界上没有一种相同的、规范的、可供标准取用的诗歌语言。这就是诗歌的可贵之处，我们不是在交际层面上使用规范的"交流用语"，而是在个人层面上使用文学意义上的"灵魂之语"。因此，诗歌语言的多元性就呈现了出来，克制的、内敛的、悲悯的、日常的、细节的、跳跃的、抒情的、直觉的……诗歌的语言无法穷尽。我认为，这里面，渗透着诗人自由的诗心和对个体的、世界的关切。就我个人而言，我更倾向于寻找一种直觉的而非理性的语言。这种直觉式的语言，更多来源于对事物瞬间的情感体认，它或许不够理性和富于逻辑性，但却是某种更接近心灵的表达方式。

谈到这里，我觉得需要开始探讨外在世界与自我的关系。我总是认为，诗人需要穿透表象的世界去寻找自我世界的内在真实。这个话有点绕，对我们来讲，存在着一个外在的世界，这个世界每天都在发生各种各样的事情，生活在其中的人，每天都在产生这样那样的故事。这个世界存在着我们的智慧所难以穿透的无限的因果链条，每一个细枝末节都是我们所不曾经历的故事。在这样一个无限巨大的世界里，我们所能真切感受的，无非是自己所见所闻所感时接触到的那一小部分，另外的绝大部分，总是处于永恒的空白和含混之中。世界如此巨大，我们如何去表达和穿透？外在的世界和自我的感知，应该如何协调？这就是我们说的，立足当下，当下你所立所思所想，通过寻找自己对世界最真切的感受，来穿透这个无限广阔的时空。换句话说，我们是无法穷尽这个世界的，只能无限深挖自己，因为自己就是这个世界的一部分。挖开了自己，你就看见了这个世界某一部分的真实，你就是世界，因为你在世界之中。

　　而要穿透这个世界，需要有一颗柔软的心。我们"人类中心主义"式的傲慢存在的时间太久了。在达尔文的进化论以前，人类就已经是地球的主宰，其他所有的事物都可以因为人类的存在而发生改变。除了人之外的活物，人类都可以根据需要处理成为食物、劳动工具和宠物，更不用说对森林、植被、气候、山川等的改造。在这样的认知之下，人是这个星球的主宰，支配着其他的物种。这样的地位往往导致我们丧失了一颗柔软之心。我们会自然地认为，山河湖海中无数生物的存在，只是为了让我们有足够多的美食可以享用。因此，在我们的写作中，往往缺乏对其他自然之物的尊重和敬畏，没有一颗平等之心，更不要说对其他事物有足够多的理解和同情。而真正伟大的诗人，对这个世界不可避免地有一种平等的、对话的、柔软的视角。李白笔下的"举杯邀明月，对影成三人""相看两不厌，只有敬亭山"，陶渊明笔下的"采菊东篱下，悠然见南山"，王维笔下的"行到水穷处，坐看云起时"即是此类。这并不是硬要把无生命或无关紧要的事物变成我们的书写对象，而是反过来说，我们的生命状态，应该拥有更多的柔软和悲悯，一草一木，一土一石，一鸟一兽，一亭一榭，都值得我们的尊重和关照。诚然，这个世界有很多现实的问题召唤着我们去书写，但这并不妨碍我们不断地卸下自己，去平等地和万物对话。

泽平

2024年3月于东莞